La chica que se coló
por un agujero del tiempo

Pilar Puebla Agramunt

La chica que se coló
por un agujero del tiempo

Ilustración de cubierta:
Óleo de Pilar Puebla Agramunt

A mi sobrino Álvaro,
el niño que más me gusta
del mundo mundial

«*Así el principito domesticó al zorro.*
Y cuando se acercó la hora de marcharse:
—¡Ah...! —dijo el zorro—. Lloraré.
—Tú tienes la culpa —dijo el principito—. Yo no quería
hacerte daño, pero quisiste que te domesticara...
—Sí —dijo el zorro.
—¡Pero vas a llorar! —dijo el principito.
—Claro —dijo el zorro.
—¡Entonces no sales ganando nada con todo esto!
—Gano —dijo el zorro—, por el color del trigo»

El principito

CAPÍTULO 1

Ésta es la historia de una niña que coleccionaba palabras. Hay niños que coleccionan cromos; otros prefieren las pegatinas o los tebeos; algunos, en otro tiempo, coleccionaban soldaditos de plomo. Lo que María coleccionaba, eran palabras.

Le gustaba comérselas a solas. Se las guardaba, durante la comida, "Ya estás ensimismada", le decían en casa. Y la acusaban de estar en su propio mundo (¿en qué otro podía estar?).

—Termínate la verdura —le decía su madre.

Entonces ella cogía al vuelo la palabra verdura, la diseccionaba ("verdura, ver-du-ra, verduuuuu-ra"), y la repetía en su interior hasta que estaba tan llena que no podía más.

—¡Ya he comido un montón! —protestaba ella.

Su madre miraba el plato de María, que estaba todavía lleno, y le decía en tono de reproche:

—María, no empieces con tus fantasías. ¿Qué te pasa, no te gusta la verdura?

María se la quedó mirando muy seria y contestó:

—Lo que no me gusta es la palabra, mamá.

No era una excusa, era la pura verdad. La palabra verdura le parecía la más horrible del mundo mundial; cuanto más la repetía, más le repugnaba. Probó una puntita del brócoli de su plato: no estaba tan mal. Pero la palabra... ¡no había quien se la tragara!

Las palabras, para María, tenían forma, tamaño, y hasta color. Había palabras enormes, como "palabrota"; y palabras pequeñitas, como "pío, pío". Había palabras blanditas y mullidas, como "redondel"; y otras ásperas, casi cortantes, como "estropajo". Había palabras que debías decir muy despacito, para no equivocarte, como "anticontaminante" o "mercromina". Y otras te salían solas y ni siquiera tenías que pensar en ellas, como "sol", o "nube", o "lápiz".

También había palabras cuya sola mención te transportaba a otro lugar del que no querías salir nunca: "unicornio", "luna", "estrellas". Y otras con las que se te hacía la boca agua, como "helado", "chocolate", y "caramelos". Había palabras que te ponían contento, como si de pronto te pusieras a bailar sin ningún motivo. Era cuando las palabras se ponían juntas y decían cosas del tipo: "Mañana no hay cole", o "Ha llegado la primavera", o "Tengo un amigo nuevo".

Sí, las frases estaban bien; pero lo que María prefería sin dudarlo eran las palabras sueltas. Por ejemplo, había una que le maravillaba: "calentito". No era algo caliente y pequeño a la vez, era algo... no sé, como de estar a gustito (y no sólo a gusto). Según doña María Moliner, que era una señora que sabía de palabras casi más que nadie, calentito significaba "agradablemente caliente". Desde luego, no era lo mismo tomarse una sopa simplemente caliente, que una sopa *calentita*. Y del mismo modo, no era lo mismo quedarse en un sitio un rato, que pedirle a alguien: "¡Quédate un *ratito* más!", o "¡Mami, un *poquito* más!". Por la misma regla de tres, a veces María decía "un *muchito* más", aunque su madre le aseguraba que esa palabra no existía.

—Pues debería existir —protestaba ella, con toda la razón del mundo.

En el colegio le explicaron que las palabras eran de diferentes tipos: unas servían para nombrar cosas (como "lapicero", "cabaña", "luciérnaga"); otras decían cualidades de esas cosas ("pequeño", "verde", "precioso"); y otras, las más poderosas, hablaban de acciones ("saltar", "jugar", "reír"). Las cosas se llamaban *nombres;* las cualidades, *adjetivos;* y las acciones, *verbos.* "Verbo, verbo, verbo", repetía María. Esa palabra era enorme para ella, VERBO.

Un día la cambiaron de colegio. Entró, con su carita risueña, y se sentó donde le dijeron.

—Saludad todos a María —dijo la maestra.

—¡Hoooooola, Maríííííííííííía! —repitieron todos los alumnos al unísono.

María pensó que parecían papagayos, y esa palabra se le quedó en la boca y la estuvo paladeando un buen rato. "Papagayos, qué palabra tan estupenda", se dijo. Y se le dibujó una sonrisa en la cara sin que se diera cuenta.

14

—¿De qué te ríes? —le preguntó en bajito el niño que estaba sentado a su lado.

—De los papagayos —respondió María. Y se quedó tan pancha.

Al niño se le quedó una cara de asombro tan divertida que a María le entraba la risa otra vez.

—Dila todo el rato, pero por dentro —sugirió María—. "Papagayo, papagayo, papagayo". Es para mondarse.

Cuando llegó la hora del recreo, su compañero de pupitre se le acercó y le dijo:

—Papagayo, yo me llamo Álvaro.

—Yo no me llamo Papagayo —protestó María.

—Pues no te queda mal.

—Menuda tontería. No puedes cambiarme el nombre.

—¿Quién lo dice?

—Lo digo yo. ¿Cómo has dicho que te llamabas tú?

—Álvaro.

—Me gusta. Suena como el agua cayendo de una cascada. No, no, suena como un cántaro. Cán-ta-ro. ¿Y si te llamo "cántaro"?

—¡No quiero que me cambies el nombre! —se quejó Álvaro.

—Está bien. Yo no te lo cambio si tú no me lo cambias a mí —respondió María, sonriendo triunfante.

En ese momento Álvaro se dio cuenta de lo lista que era María. Y eso le dio rabia, pero al mismo tiempo le gustó. "Qué raro", pensó Álvaro. "¿Cómo puede gustarme algo y a la vez no gustarme?". Y se quedó mirándola marcharse, ella repitiendo en alto "¡cántaro, cántaro, cántaro!", y él diciéndoselo a sí mismo en bajito, "cántaro". La verdad es que la palabra era de las de tener que repetirla una y otra vez de lo bonita que era.

CAPÍTULO 2

Álvaro se dio cuenta desde el principio de que María no era como las demás. Algunos niños, a veces, regalaban a las chicas una flor, o un dibujo, o un rotulador. "¡Qué rotulador tan chulo, regálamelo!", decía Macarena, por ejemplo. Álvaro comprendió enseguida que lo que más feliz hacía a María eran las palabras. Por el camino a casa las buscaba en su cabeza. Se fijaba en lo que veía por la calle: coches, edificios, acera. Menuda porquería de palabras. "Si por lo menos tuviéramos tranvía", se decía. "¡Tranvía! Ésa le gustará, seguro".

Al día siguiente llegaba con su palabra, limpia y reluciente, y se la ofrecía a María con el corazón en vilo.

—Te he traído una palabra nueva.

Ella le miraba con expectación; y Álvaro depositaba la palabra en su oído muy despacito y con mucho respeto, como el que enciende una vela en un altar:

—Tranvía.

María cerraba los ojos y la repetía para adentro.

—Tran-ví-a. ¡Me gusta muchísimo!

—Te la regalo —decía Álvaro, hinchándose de orgullo.

Y María se marchaba saltando, repitiéndola para sus adentros.

—¡Mi abuelo me ha regalado una palabra nueva, nueva de verdad! —le dijo al día siguiente María—. Me apuesto lo que quieras a que no la has escuchado nunca.

Álvaro se moría de curiosidad.

—Te la voy a decir en bajito. No quiero que nadie la oiga todavía, es demasiado buena.

Se acercó a su oído y susurró: "Trolebús".

Álvaro se quedó pasmado.

—¿Qué es eso?

—Es mejor si no lo sabes, está mucho más rica, trolebús, trolebús, tralará, lará, lará. ¡Mmmmmmm!, deliciosa.

—¿No me vas a decir lo que significa?

Pero María ya se alejaba, saltando otra vez, trolebús, trolebús, "¡Es algo que ya no existe!", le gritó desde lejos. Y Álvaro se quedó asombrado otra vez, pensando en lo difícil que lo iba a tener a partir de ahora. "Esa palabra es muy buena", se dijo. "A ver cómo la supero".

Aquella noche su madre le puso a Álvaro un plato de verdura. María le había dicho lo repugnante que le parecía aquella palabra, y él no lo entendía porque le sonaba fenomenal. La dijo para adentro varias veces seguidas, "verdura-verdura-verdura", y se dio cuenta de que así, tan seguido, era cuando sonaba fatal. Pero no si la decías una sola vez, despacito.

—Mamá, ¿por qué la verdura se llama "verdura"? —su madre levantó las cejas, sorprendida.

—Yo que sé, hijo, qué cosas se te ocurren. Será porque es verde.

—¡Ah, claro!

Entonces se le ocurrió un plan.

—¿Por qué no te gusta la palabra "verdura"? —le preguntó al día siguiente a María en cuanto la vio.

—¡Puaj! ¿Pero de verdad no te has dado cuenta de lo mal que suena?

—Sí, tienes razón. Suena fatal si la dices muchas veces seguidas. Y, sobre todo, suena fatal si ya has decidido que va a sonar mal. Pero imagínate que la escuchas por primera vez.

—No puedo hacer eso, ¡la he oído millones de veces! —protestó ella.

—Ése es el problema. Pero tú tienes mucha imaginación, yo sé que puedes hacerlo. Imagínate, sólo por esta vez, que nunca la has escuchado.

—Vaaaaaaale, lo voy a intentar —dijo María.

—Imagínate que ni siquiera sabes lo que significa.

—Está bien.

—Ahora, cierra los ojos y piensa en el color verde.

—¿Y eso qué tiene que ver?

—¡Tú piensa en el verde! —insistió Álvaro.

—Me encanta el verde, es mi color favorito —dijo María, sonriendo.

—Ya lo sé; por eso. Venga, va, cierra los ojos.

María obedeció. Álvaro se acercó a su oído y susurró muy bajito:

—Verde. Veeeeeerde. Verdor. El verdor de los prados. Un prado verde, muy verde, con tanto verdor, con mucha verdura, la verdura de los prados.

María abrió los ojos de golpe.

—¿"Verdura" es también lo verde de los prados?

—Sí.

—¿Y tú cómo lo sabes?

—Lo he buscado en el diccionario de María Moliner —respondió Álvaro, orgulloso.

—Me da igual. Sigue sonando fatal.

Verdaderamente esta María era bien cabezota.

—Pero me quedo con el otro regalo —añadió ella, sonriendo ampliamente.

—¿Qué regalo?

—¡Verdor! ¡Ésa me encanta! Pero no me vuelvas a pronunciar la palabra "verdura" porque es que no la puedo ni oír.

Y María se alejó saltando, toda contenta porque tenía una palabra nueva para saborear.

CAPÍTULO 3

—¿Te gustan los trabalenguas? —le preguntó un día Álvaro a su amiga nueva que ya no era tan nueva.

—¡Trabalenguas! ¡Me encanta la palabra!

—Son para ver si se te traba la lengua. Yo me sé uno que me enseñó mi abuela.

—A ver.

Álvaro se había aprendido muy bien el trabalenguas, lo había practicado durante semanas para impresionar a María:

—"El arzobispo de Constantinopla se quiere desarzobispoconstantinopolizar. El desarzobispoconstantinopolizador que lo desarzobispoconstantinopolice, buen desarzobispoconstantinopolizador será".

—¡Madre mía! ¿El arzobispo de Constanti... qué?

—Constantinopla.

—Es dificilísimo. Yo me sabía el de "Pablito clavó un clavito".

—"¿Qué clavito clavó Pablito?".

—Sí, pero al lado del tuyo es una porquería —admitió María.

—Mi abuela lo decía rapidísimo y sin equivocarse jamás.

—Menuda tía.

—Se llamaba Pilar.

—¿Y ya no se llama así?

—No, tonta, lo que pasa es que se murió. Mi madre me dijo que se había ido al cielo; pero yo sé que es mentira, que no se ha ido a ningún lado.

—¿Ah, no?

—No. A los mayores les da miedo la palabra "muerte" y por eso nos cuentan historias. ¿A ti te da miedo, María?

—Un poco sí.

—No se les puede tener miedo a las palabras, ¿sabes?

—Mueeeerte —dijo María despacito. Luego le miró muy seria—. ¿Tú sabes qué pasa cuando te mueres, Álvaro?

—Nadie lo sabe. En realidad, yo creo que no pasa nada. O sea, ¿qué le pasa a la oruga cuando se convierte en mariposa?

—Que se le cae la piel y le sale una nueva más bonita, y también le salen alas y puede volar. Es como si volviera a nacer siendo otra cosa, y entonces ya no es una oruga —contestó María sonriente.

—Pues lo mismo nos pasa a nosotros.

—¿Tú crees?

—Me lo dijo mi abuela Pilar, que estaba en silla de ruedas. Decía que tenía ganas de morirse para convertirse en mariposa, que estaba harta ya de esta carcasa que era el cuerpo.

—¿Carcasa? —preguntó María, extrañada.

—Carcasa, eso decía: "El cuerpo es sólo una carcasa".

—Vaaaaaaaaya —exclamó María—, ¿y qué más te contaba tu abuela?

—Que al morirse no se iba a ir a ningún lado, y que iba a estar conmigo aunque no la pudiera ver. Es como el aire, que no lo podemos ver, pero existe, ¿no?

—Existe, claro —dijo María inspirando una honda bocanada.

—Y lo mismo pasa con Dios. Está en todas partes, aunque no lo veamos.

Justo cuando Álvaro estaba diciendo aquello, el sol se abrió paso por entre las nubes. Llevaban unos días en los que hacía muchísimo frío y el cielo estaba todo encapotado, y de pronto salió el sol, así, sin más. María salió corriendo hacia la pared del patio, y se sentó, con la espalda apoyada en la piedra.

—¡Corre, ven a ponerte al solecito! —le gritó entusiasmada.

Álvaro se acordó de que María le había asegurado que "calentito" era mejor que "caliente", y reconoció en su interior que ponerse al solecito era mucho mejor que ponerse simplemente al sol. Se sentó a su lado, alzó la cara y cerró los ojos. "¡Ah, solecito, qué gustirrinín!", pensó. Pero lo había dicho en voz alta sin darse cuenta.

—¡Gustirrinín! —exclamó María—. ¡Ésa es la que más me gusta de todas las palabras que me has regalado!

Álvaro se encogió de hombros.

—Pues me ha salido así, sin pensar.

—Ésas son las mejores. Te voy a invitar a merendar a casa, y así me cuentas más cosas de tu abuela, ¿vale?

En ese instante sonó la sirena: se había acabado el recreo. Había que volver a clase, menuda lata.

CAPÍTULO 4

Un día estaba Álvaro en la cocina esperando a que se hiciera la cena.

—Mamá, María me ha invitado a merendar a su casa —dijo mientras su madre removía la sopa que estaba calentando.

—Ah, ¿y quién es María?

—La chica nueva.

—Bueno, podrías llevarle un bizcocho —dijo su madre, que seguía de espaldas.

—No, mamá, un bizcocho no. Tengo que llevarle palabras.

—¿Para merendar?

—Le encantan las palabras, dice que las colecciona.

La madre de Álvaro dejó de remover la sopa y se giró, mirando a su hijo con incredulidad.

—¿Colecciona palabras?

—Sí; yo la estoy ayudando y le regalo algunas.

—¿Como cuáles? —preguntó ella, asombrada.

Álvaro cogió aire y dijo de corrido:

—Tranvía, verdor, trabalenguas, gustirrinín.

Su madre soltó una carcajada.

—¡Ay, ésa de "gustirrinín" me recuerda a una que decía mi padre!

—¿Cuál?

Álvaro la miraba con los codos apoyados en la mesa y las manos sosteniendo su carita.

—"Fresquíviris".

—Fresqui... ¿ qué?

—"Fresquíviris". Se metía en el mar y decía: "¡Uy, qué fresquíviris está!".

—¿El abuelo decía eso? Qué gracioso.

—¿Tú crees que le gustará a María?

—Seguro que sí.

—Oye, Álvaro, ¿y por qué le gustan tanto las palabras a tu amiga?

—No lo sé, dice que suenan bien.

Pero Álvaro se dio cuenta de que en realidad no sabía la respuesta; así que decidió preguntárselo al día siguiente.

—María, ¿por qué te gustan tanto las palabras?

Ella puso cara de circunstancias, como si fuera un asunto importantísimo, y respondió sin dudarlo:

—Verás: si no tuvieran nombre, las cosas no existirían —afirmó con rotundidad.

Álvaro frunció el ceño.

—¿Quieres decir que si yo no tuviera nombre, no existiría? No me lo creo, María, una palabra no puede ser tan importante. Yo existiría aún sin tener nombre.

Ella le miraba, desafiante.

—Vale. Y dime, Álvaro, ¿puedes realmente imaginar que no tienes nombre?

Álvaro se quedó callado, confuso. Casi se mareaba de pensarlo.

—Creo... creo que sería como si me borraran con goma de borrar —dijo, porque de pronto se imaginó que cuando su madre le decía: "¡Álvaro, a cenaaaar!", no podía llamarle, y era tan angustioso que le parecía que iba a desaparecer.

—Eso es, Álvaro: sería como si te borraran. Qué listo eres.

Álvaro se ruborizó.

—¿Te das cuenta de que el nombre es el primer regalo que nos hacen los padres? —continuó María—. Se pasan nueve meses pensando en nombres, y luego de repente vienes al mundo y ya está, tienes uno nuevo, reluciente, sólo para ti. Imagínate que no te hubieran puesto ninguno.

—Sería espantoso —reconoció Álvaro.

—No tiene gracia que te borren con goma de borrar, ¿a que no?

—No.

—Además, ¿cómo puedes hablar de cosas que no estás viendo si no utilizas su nombre?

—Es verdad; no puedes —reconoció él.

—¿Y cómo creó Dios el mundo? Lo creó nombrándolo.

Álvaro de pronto puso los brazos en jarra y le preguntó, admirado pero también un poco enfadado:

—Oye, ¿y tú por qué sabes todas esas cosas?

—Porque en realidad no soy una niña —le respondió María como si nada—. Me he colado por un agujero del tiempo para que parezca que tengo tu edad.

Álvaro tenía los ojos como platos.

—¡Eso es imposible!

—Porque tú lo digas.

—¿Y para qué ibas a querer hacer eso?

—Para poder ser tu amiga. Eres el niño que más me gusta del mundo mundial, pero no puedo jugar contigo si tengo cuarenta años; así que me he metido en este cuento y puedo hacer lo que me dé la gana. En realidad, tampoco me llamo María.

—¿Y cómo te llamas?

—¡No te lo digo, no te lo digo! —dijo ella mientras se alejaba saltando.

—¡Eres una mentirosa redomada! —le gritó Álvaro lleno de rabia.

—¡Y tú un papagayo! —contestó ella desde lejos.

—¡Y para que lo sepas, tenía una palabra nueva y ya no te la voy a decir!

—¡Pues tú te la pierdes!

—¡Ja! ¡Te la pierdes tú, listilla!

Entonces María puso las manos alrededor de su boca formando un embudo para que sonara bien alto y gritó:

—¡Si no compartes las palabras, te las pierdes tú, ya lo verás!

Y esta vez se marchó de verdad.

CAPÍTULO 5

Álvaro se había quedado malhumorado. "No se la voy a decir nunca, ya está, se acabó, no se la digo y punto pelota". Estuvo todo el día diciéndola para sus adentros, "fresquíviris"; pero ya no le parecía divertida.

—¿Le ha gustado la palabra a tu amiga? —le preguntó su madre en cuanto llegaron a casa.

Álvaro se cruzó de brazos y bajó la cabeza.

—No se la he dicho —contestó, enfurruñado.

—¿Por qué?

—¡Porque es una mentirosa y no voy a ser su amigo nunca más!

Y se marchó corriendo a su habitación, cerrando la puerta de un portazo.

Se pasó toda la tarde con la dichosa palabra en su cabeza. No podía deshacerse de ella, le quemaba por dentro, y hasta le dolía. Y cuando oyó la voz de su madre diciendo: "¡Álvaro, a cenaaaar!", se acordó de lo que le había explicado María de la importancia de los nombres, y se echó a llorar. En ese momento su madre abrió la puerta de la habitación.

—Pero ¿qué te pasa, hijo?

—Nada mamá —dijo Álvaro sorbiéndose los mocos—. Que me he quedado para mí solo la palabra "fresquíviris" y me hace daño por dentro.

—Es que las palabras no se pueden quedar adentro, Álvaro, hay que sacarlas.

—¡Pero ella las saca diciendo mentiras!

—¿Y por qué sabes que son mentiras?

—¡Porque lo que dice es imposible, por eso!

Al día siguiente María estaba jugando a la rayuela tan campante. Álvaro se acercó a ella, pero no sabía cómo empezar a hablar; así que se quedó callado.

—Se te ha comido la lengua el gato —dijo ella sonriendo.

—No: se la ha comido el ratón —soltó de pronto sin pensar.

—¿Tienes un ratón? —preguntó María, maravillada.

—Sí, pero nadie lo sabe. Viene a verme por las noches cuando la casa está en silencio.

—¿No será el Ratoncito Pérez?

Álvaro se estaba animando. Estaba empezando a comprender que contar historias no era lo mismo que mentir.

—No, no, qué va. Es el que me dice las palabras que luego yo te regalo a ti.

—¿Ah, sí? ¿Y te ha dicho alguna más?

—Me ha dicho una buenísima.

—Y te mueres de ganas de decírmela, ¿a que sí?

—¿Cómo lo sabes?

—Porque se te ve en la cara. La tienes ahí, asomando, en la punta de la lengua. Y si no la dices, revientas.

En eso se levantó un poco de aire, y a María le dio un escalofrío.

—Hace fresquíviris, ¿eh? —dijo Álvaro sonriendo.

A María se le iluminó el rostro.

—¡Fresquíviris! ¡Anda que no te ha costado soltarla!

—Me estaba gritando por dentro para salir —reconoció Álvaro.

—Es que lo que no se da, se pierde —explicó María—. Pero de eso ya te has dado cuenta tú solito, ¿a que sí?

Fue entonces cuando Álvaro pensó que quizás María no mentía, porque nunca había conocido a ninguna niña que dijera semejantes cosas; y, en cualquier caso, prefería ser su amigo y seguir regalándole palabras, porque el primero que recibía el regalo al darlas, era él mismo.

CAPÍTULO 6

—¿Y tú que quieres ser de mayor? —le preguntó un día Álvaro a María sin venir a cuento.

Ella respondió sin dudarlo:

—Lectora.

—¿Y eso es un trabajo?

—Bueno, si hay escritores, tendrá que haber lectores, digo yo.

—Claro; pero no les pagan.

—¿Y qué? Yo quiero ser lectora y sanseacabó.

—Pero ¿por qué?

—Porque es lo que más me gusta.

Entonces Álvaro decidió que lo que él quería ser de mayor era contador de historias. Él las escribiría para que María pudiera leerlas.

—Y tú, ¿qué quieres ser? —preguntó ella.

—Yo soy escritor —respondió Álvaro muy serio.

—Querrás decir que lo serás —corrigió María.

—No; quiero decir que lo soy. Soy un escritor que se ha colado por un agujero en el tiempo para poder conocerte y contarte historias.

Ahora era María la que ponía ojos como platos.

—¿De verdad me vas a contar historias?

—Todas las que quieras.

—¿Y si no se te ocurre ninguna?

—Se lo preguntaré al ratón de mi casa. Es muy ocurrente.

—¿Y también las vas a escribir?

—Palabra por palabra —aseguró Álvaro.

—¿Y por cuál vas a empezar?

—Por la historia de una niña que está loca de remate, loquita perdida, vamos, una locatis total.

—¡Locatis! ¡Jajajajajajaja! —María se desternillaba de risa—. ¡Locatis-locatis-locatis! Oye, ¿y eres un escritor famoso?

—Famoso no; normalillo.

—¿Y escribes para niños o para mayores?

Álvaro respondió muy serio:

—Escribo para personas.

María se quedó pensativa.

—Oye, ¿y por qué eres escritor?

Álvaro se sentía como un mago sacando conejos de su chistera.

—Porque cuando era pequeño conocí a una niña que me enseñó la importancia de las palabras —afirmó.

—¿Ah, sí? ¿Y cómo te lo enseñó? —siguió preguntando María, cada vez más extasiada.

—Pues, por ejemplo, a veces jugábamos a un juego que se había inventado ella. Uno decía una palabra cualquiera, y el otro decía la que le viniera a la mente, así, sin pensar. Y no valía repetir.

—Voy a probar —dijo María—. Empiezo: "unicornio".

—Duende.

—Hada.

—Monada.

María se echó a reír.

—¡No tienen que rimar! —protestó.

—Porque tú lo digas. Y ves, así puedes seguir hasta el infinito —explicó Álvaro.

—Pues prefiero las historias. Al final no me has contado ninguna.

Álvaro inspiró profundamente y se lanzó al abismo de improvisar una historia sobre la marcha:

"Había una vez un escritor que buscaba a su lectora ideal. No podía ser una lectora cualquiera: tenía que ser una entusiasta de las palabras. El problema de los escritores y los lectores es que, a pesar de lo unidos que están, casi nunca llegan a encontrarse. El pobre escritor sabía que, para conocerla, lo que tenía que hacer era convertirse en el mejor escritor que él pudiera llegar a ser; pero comprendía claramente que eso sería labor de toda una vida, y para cuando lo consiguiera, su lectora también sería una ancianita y no le daría tiempo de disfrutar de sus historias. Así que decidió colarse en un cuento para conocerla cuando ella fuera una niña, y de esa forma podría contarle las historias de viva voz, que es como al principio de los tiempos se contaban las historias los humanos los unos a los otros".

Álvaro miró de reojo a María, que estaba sin habla. Inspiró profundamente y continuó:

"Y así es como el escritor conoció a su lectora, que resultó ser, en realidad, una mujer de cuarenta años que se había colado también en aquel cuento para poder hacerse amiga de aquel niño porque, decía, era el que más le gustaba del mundo mundial. Y durante mucho tiempo estuvieron engañando a todo el mundo, haciéndoles creer que eran niños, cuando en realidad ya no lo eran. Pero eso es lo bueno de las historias: que pueden suceder cosas increíbles, como viajes a través del tiempo, o que una persona sea, simultáneamente, un niño y también un adulto".

Al llegar a aquel punto María le interrumpió:

—¡Para, para, por favor!

—¿Por qué, qué pasa?

—Es demasiado bonito; no quiero que se gaste.

—¿Que se gaste? —preguntó Álvaro, sorprendido.

—Quiero que te guardes un poquito para otro día.

—Como quieras —respondió Álvaro, aliviado, porque justo en ese momento ya no se le ocurría nada más.

María tenía el rostro encendido de emoción.

—Eres mi escritor favorito.

—¡Pero aún no puedes saberlo!

—Lo sé y punto.

—¿Y cómo lo sabes?

—Porque me has contado la historia que me habría gustado escribir a mí. Y porque la has inventado sólo para mí.

Se acercó a Álvaro, le dio un beso en la mejilla y le dijo:

—Gracias.

Y luego se marchó sin más.

Álvaro se quedó contento y triste a la vez, como si estuviera lleno y al mismo tiempo vacío. Pero como era un escritor ya sabía que eso es lo que pasa cuando cuentas historias: que te llenan y te vacían a la vez, como cuando quieres mucho a alguien. Te llenas de esa persona hasta que crees que vas a reventar, te llenas tanto que te vacías de ti mismo; y entonces ya no sabes muy bien quién eres, ni si estás lleno o vacío. Porque cuando dejas a una persona entrar en tu corazón, nada vuelve a ser igual que antes.

CAPÍTULO 7

—Menudo rollo de clase —dijo un día Álvaro cuando salieron al patio después de clase de lengua.

—¿Rollo? Si era chulísimo.

—No he entendido nada de nada. Eso de los sintagmas, no sé ni lo que significa.

—¡Pero si es facilísimo! —exclamó María—. Un sintagma sólo es un grupo, un sistema en el que se organizan las palabras, como el sistema solar.

—¿Y eso qué tiene que ver?

—¡Todo! Mira, ¿qué hay en el centro del sistema solar?

—El sol, ya lo sabes —respondió Álvaro, encogiéndose de hombros.

—Y todo gira alrededor de él, ¿no?

—Claro.

—Pues es lo mismo con el sintagma nominal: todo gira alrededor de un nombre, que es el núcleo, igual que todos los planetas giran alrededor del sol.

—Ah...—dijo Álvaro, que empezaba a comprender.

—¿Y qué pasaría si giráramos, por ejemplo, alrededor de la luna? —preguntó María—. ¿Seguiría llamándose "sistema solar"?

—No; supongo que se llamaría "sistema lunar".

—Pues ya lo ves —sonrió ella—. Cuando las palabras se organizan alrededor de un nombre, se llama sintagma nominal. Y cuando se organizan alrededor de un verbo, por ejemplo, se llama sintagma verbal. Y así con los adjetivos y los adverbios.

—¿Y el sintagma preposicional?

—Es el único que no tiene núcleo. Es como un asteroide, va por libre.

Álvaro se quedó callado unos segundos. Luego la miró fijamente y preguntó:

—¿Y todo eso para qué sirve?

—Para saber cómo se construyen las frases, Álvaro.

—Ya, pero ¿para qué? —volvió a preguntar, impaciente.

—¡Para saberlo! ¡Por el gusto de saberlo! ¿A ti no te gusta saber que vivimos en el planeta Tierra, que giramos alrededor del Sol y que por eso se llama "sistema solar"?

—Claro que me gusta, pero no es lo mismo. Eso de cómo se organizan las palabras... no sé si sirve para algo. Además, ¿cómo sabes que eso es así como dices?

—Porque soy profesora de lengua.

Álvaro arqueó las cejas.

—¿No decías que eras lectora? —preguntó, un poco enfadado ya.

—Lectora es lo que quería ser; profesora es en lo que trabajo de verdad en el otro lado del agujero del tiempo.

—¿Ah, sí? ¿Y qué enseñas?

—Sintaxis, es decir: la construcción de la frase, la manera en la que las palabras se organizan.

—Si eres profesora, te habrán preguntado miles de veces que eso para qué demonios sirve —dijo Álvaro con retintín.

—Me lo preguntan todos los días.

—¿Y qué respondes?

—Les digo que sirve para saberlo.

—O sea: que no sirve para nada.

—En cierto modo, sirve, y no sirve. En realidad, yo creo que saber cómo funcionan las reglas de la gramática, para lo que más sirve es para romperlas.

—¿Romperlas?

—Eso es justo lo que hace la poesía: construir frases imposibles, cambiar el orden de las palabras, darles un significado nuevo. Sabes, a fuerza de usar las palabras durante miles de años, poco a poco se van gastando y perdiendo significado. Para eso están los poetas, Álvaro, para que volvamos a escucharlas como por vez primera. Por eso sois tan importantes los escritores. Imagínate la primera vez que un hombre señaló un objeto y le dio un nombre, la emoción que sentiría.

—La verdad es que tuvo que ser tremendo —reconoció Álvaro.

—¿Te acuerdas del poema que nos enseñaron el otro día? ¿Cómo empezaba?

—"*El ciego sol se estrella en las duras aristas de las armas*" —recitó él de memorieta.

—Lo has dicho como un papagayo. Pero detente un momento: ¿tú crees que el sol verdaderamente puede ser ciego?

Álvaro se quedó mudo de asombro.

—Ni se me había pasado por la cabeza pensarlo —reconoció—. ¿Cómo va a ser ciego, si ni siquiera tiene ojos?

—Exacto: no es ciego, ni tampoco no-ciego.

—Y sin embargo podemos decir "ciego sol" —susurró Álvaro, casi como para sí mismo.

—Podemos; pero a nadie se le había ocurrido decirlo, sólo se le ocurrió a Manuel Machado: por eso es un poeta.

Los dos se quedaron callados un buen rato. De pronto Álvaro dijo:

—Me encanta cuando dice: "*A los terribles golpes de eco ronco, una voz pura, de plata y de cristal, responde...*"

—"De plata y de cristal..." —repitió María, paladeando las palabras.

—Ahora lo entiendo, María. Una voz no puede ser "de plata y de cristal". Y sin embargo, me imagino la voz de esa niña como si la estuviéramos escuchando aquí mismo, a nuestro lado.

—¿A que sí?

—Sí.

—Apréndete el poema, Álvaro. Los poemas que se aprenden de pequeños nunca se olvidan.

—Es verdad. Es como el que me recitaba mi abuela, el de Margarita.

—*"Margarita, está linda la mar..."* —empezó María.

—*Y el viento lleva esencia sutil de azahar"* —continuó Álvaro.

—*"Yo siento en el alma una alondra cantar tu acento".*

—*"Margarita: te voy a contar un cuento".*

—Prométeme que nunca te vas a olvidar de este poema, Álvaro —pidió María muy seria.

—Te lo prometo.

En ese momento María le cogió de la mano y se quedaron así, mirando las estrellas. Es cierto que era de día y que estaban en el patio del colegio; pero puedo asegurar que miraban las estrellas, allá a lo lejos, y que el ciego sol se estrellaba en las duras aristas de las armas, mientras que una voz pura, de plata y de cristal, murmuraba muy bajito: *"Esto era un rey que tenía un palacio de diamantes, una tienda hecha del día, y un rebaño de elefantes...".*

CAPÍTULO 8

El tiempo transcurría amablemente. El invierno dio paso a la primavera, los días se hicieron más cálidos, y el aire parecía una caricia sobre la piel.

—Oye, María, ¿por qué de todos los agujeros del tiempo, has elegido colarte por éste en el que yo tengo ocho años? —preguntó un día Álvaro mientras miraban con atención la hilera que formaban unas hormigas en su camino hacia el hormiguero.

—Estas hormigas son tontas —dijo María, como si no le hubiera escuchado.

Habían observado que las hormigas estaban haciendo un largo recorrido para llevar a su hormiguero, miguita a miguita, pedacitos de pan que habían caído unos metros más allá. Unos metros, para una hormiga, podían ser como kilómetros, pensaron, y se les había ocurrido ayudarlas. Cogieron un trocito de pan y lo depositaron a la entrada del hormiguero; ni caso. Las hormigas seguían, como un ejército, yendo y viniendo hasta la otra punta, haciendo caso omiso del pan que habían puesto a su lado.

—¿Me estás escuchando, María? ¿Por qué te has colado en este preciso instante del tiempo en el que tengo ocho años, y no cuando tengo cinco, o diez?

—Ah, sí. Porque cuando tú tienes ocho años, en el otro lado yo ya he cumplido los cuarenta, y estoy pasando por una crisis muy profunda. Y necesito tu ayuda.

—¿Mi ayuda? ¿Y cómo puedo ayudarte yo, si sólo tengo ocho años?

María empujó el trozo de pan un poquito más cerca todavía de la entrada del hormiguero.

—Lo dices como si tener ocho años no te diera poder. Pues para que lo sepas, si me he colado aquí es porque me parece que ser un niño de ocho años es lo mejor que te puede pasar en la vida. Por ejemplo, puedes dedicarte a ayudar a hormigas estúpidas que no te hacen ni caso —dijo, un poco enfadada ya, porque las hormigas parecían no ver el regalo que les estaban haciendo.

—¡Pero si es un rollo! Nunca puedo hacer lo que quiero, y los mayores siempre me están diciendo lo que tengo que hacer —se quejó Álvaro.

—Bueno, eso es lo que parece. ¿Y qué te crees, que a los de cuarenta años no se les dice lo que tienen que hacer? Es mucho peor. Les dicen: paga el alquiler, paga los impuestos, compra esto, compra aquello, vete a trabajar. Y así todo el rato. Como estas hormigas; míralas: sólo saben trabajar.

Se quedaron observándolas en silencio. María pensaba en lo estupendo que sería que vieran el pan que habían puesto delante de sus narices, ¡tendrían comida para un año! Así ya no necesitarían trabajar, y podrían visitar otros lugares, o tumbarse al sol, sin protector solar, porque ya estaban negras, o bailar hasta el amanecer libres de preocupaciones.

—¿Has visto alguna vez a una hormiga quieta, disfrutando de la vida? —continuó María—. Siempre van en línea recta, una detrás de otra, pim-pam, pim-pam, pim-pam. Como los adultos.

—Menudo rollo.

—Sí. Te pasas la infancia deseando ser mayor, y cuando creces desearías volver a ser un niño. Y por eso estoy aquí. Quiero que me ayudes a recordar.

—¿Recordar el qué?

—Lo que era ilusionarse por las cosas. Sentir que todo es nuevo y maravilloso, que el mundo es un lugar para explorar y que puedo pasarme una hora entera mirando a un ejército de hormigas, aunque sean tontas de remate. Me gustaría que me enseñaras, Álvaro.

—¿Yo? ¿Cómo?

María cogió una hormiga y la colocó sobre su dedo. Quería observarla detenidamente, pero la hormiga se movía por su mano en todas direcciones. Volvió a depositarla en el suelo.

—Siendo.

—No te entiendo.

—Siendo lo que eres; no necesitas hacer nada, Álvaro. Eres auténtico: ríes cuando estás contento, lloras cuando alguien te ha hecho daño, te enfurruñas cuando estás enfadado. Es maravilloso.

—¡Pero si es facilísimo! ¿Tú no haces eso en el otro lado del agujero del tiempo?

María cogió el pan y empezó a partirlo en trocitos más pequeños.

—Casi nunca —dijo, un pelín triste.

—¿Por qué?

El pan estaba un poco duro y tuvo que ayudarse con la uña.

—Porque tengo miedo, Álvaro: miedo a que los demás se enfaden si me muestro tal como soy, miedo a que dejen de quererme, miedo a que me rechacen. Y muchos miedos más.

Seguía haciendo pedacitos pequeños, hasta que parecía que el pan iba a desaparecer.

—Pues a mí me encanta cómo eres —dijo Álvaro.

—Y a mí me encanta cómo eres tú. Aunque lo que más me gusta, es cómo soy yo cuando estoy contigo.

—¿Ah, sí? ¿Y cómo eres?

—Libre.

María había terminado de deshacer el pan, y depositó todos los pedacitos a la entrada del hormiguero.

—¿En el otro lado no eres libre?

María suspiró.

—No: planifico las cosas, les doy mil vueltas, decido si me conviene hacer algo o no... es insoportable. Contigo puedo improvisar y ser espontánea.

—No sé lo que es eso.

—Mejor; a ti te sale de forma natural.

—Pero yo quiero saber lo que es.

—Significa que haces las cosas porque te salen del corazón, no pensando en lo que te conviene o no. Por ejemplo, te salió del corazón hacerte amigo mío, ¿a que sí?

—Pues sí.

—Y no te paraste a pensar si te convenía o no; si a lo mejor los demás niños se meterían contigo porque yo soy un poco rarita, o si sufrirías cuando yo tuviera que marcharme.

En ese momento a Álvaro se le ensombreció el rostro. Fue como si una nube gigantesca hubiera tapado por completo el sol.

—¿Vas a marcharte? —musitó.

—Algún día. A lo mejor.

—¡Yo no quiero que te vayas! —proclamó Álvaro, a punto de llorar.

—¿Lo ves? Eres espontáneo, muestras tus emociones sin pudor. Necesito que me ayudes a ser auténtica, como tú.

—¡Pero si tú ya lo eres!

Álvaro empezó a sentir que algo le abrasaba por dentro, como una bola de fuego que se le quedaba atascada en la garganta. Empezó a ponerse rojo, los ojos le brillaban y parecía a punto de estallar.

—¿Qué te pasa, Álvaro?

Pero Álvaro no abría la boca.

—Pues si no expresas lo que sientes, se te queda por dentro y duele mucho más.

Álvaro la miró con los ojos llenos de lágrimas, y gritó con todas sus fuerzas:

—¡¡¡¿¿¿Y para qué iba a ayudarte, si luego me vas a abandonar???!!!

Y salió corriendo porque le daba vergüenza haber desnudado su corazón.

María se quedó mirando a las hormigas, que seguían, como en una procesión, su vía crucis hasta el pan que estaba allá a lo lejos, ignorando el que ella les había puesto delante de sus narices.

—¡Idiotas, más que idiotas! —exclamó, llena de rabia.

Y cogió los pedacitos de pan y los lanzó bien lejos.

CAPÍTULO 9

Al día siguiente Álvaro llegó al colegio muy serio, y se sentó al lado de María sin decir una palabra. La miraba de reojo para ver si estaba enfadada, pero ella parecía tan normal como siempre. Cuando llegó la hora del recreo no se atrevió a decirle nada, y se fue a jugar al fútbol con los otros chicos. Al terminar el día, se acercó a ella y le preguntó tímidamente:

—¿Estás enfadada?

María terminó de meter sus cuadernos en la mochila, y luego metió el estuche.

—¿Por qué? ¿Porque me dijiste lo que sentías? ¡Si yo te lo había pedido! —respondió, cerrando la cremallera y colocándose la mochila sobre su espalda.

—Pero te grité, y me fui corriendo —insistió él.

—Tienes derecho a sentir lo que sientes, Álvaro, y también a expresarlo, no pasa nada.

Salieron del colegio y empezaron a caminar juntos. Era el primer día que sus padres les habían dejado volver solos a casa, y se sentían muy importantes. Álvaro cogió aire.

—¿Y a ti no te dolió?

—Pues claro. No me había dado cuenta de que yo podía hacerte daño. Pero a lo mejor también te sirvo de ayuda.

—¿A mí? ¿Para qué?

—Para que aprendas, desde pequeño, que cuando alguien se va es simplemente porque tiene que irse, no porque no te quiera o porque te esté abandonando.

Estaban atravesando el parque. Se había llenado de flores, y el aire olía tan bien que casi mareaba.

—Pero es que... —Álvaro titubeó antes de proseguir— es que me escuece por dentro.

María se acercó a una margarita y tocó el centro amarillo, tan blandito.

—Normal; yo tampoco quiero separarme de ti. Se me ha ocurrido una idea para que podamos estar juntos siempre.

—¿Cuál? —preguntó Álvaro, que no le quitaba los ojos de encima.

María dejó la margarita y fue adonde estaban los columpios. Se sentó en uno, y Álvaro la imitó. Empezaron a balancearse suavemente, casi sin alzarse del suelo.

—Vamos a escribir un libro con todo esto. De hecho, ahora mismo, en el otro lado del agujero del tiempo, es un lunes por la mañana y yo estoy sentada frente al ordenador, tecleando estas palabras que tú oyes que pronuncio.

Álvaro protestó:

—Entonces la estás escribiendo tú, no los dos.

—La estamos escribiendo los dos porque eres tú quien me da las ideas —respondió María sin dudarlo.

Álvaro empezó a impulsarse con más fuerza.

—Si estás sentada frente al ordenador un lunes por la mañana —reflexionó—, entonces yo estoy en el colegio y no puedo darte las ideas.

María siguió su ritmo. Subían cada vez más alto, así que María tuvo que alzar el tono de voz para que Álvaro la oyera.

—¡Jajajajajajaja, qué listo eres! Lo que no se te ha ocurrido pensar es que, para que las personas se transmitan ideas, no necesitan estar juntas físicamente. Del mismo modo que no necesitas que esté tu abuela Pilar para acordarte de ella, yo no necesito que estés a mi lado para pensar en ti y quererte, para inventarme historias que luego leerás, y que quizá tampoco entiendas al principio.

Álvaro dejó de darse impulso. Había vuelto a quedarse parado sobre el columpio, y movía el pie de adelante hacia atrás, como desganado, haciendo dibujos sobre la tierra. María dejó de columpiarse.

—¿No quieres ayudarme? —preguntó con su voz más dulce.

—¡Es que no sé cómo!

—Estoy un poco perdida en otro lado, Álvaro. No sé qué me pasa, pero de un tiempo a esta parte he dejado de escribir. Y de pronto, sólo con pensar en ti, se me ocurrió toda esta historia. Así que en verdad ya me estás ayudando, sin pretenderlo.

Álvaro se levantó del columpio y se puso frente a María con los brazos en jarra.

—¡Pero tú me contaste que eras lectora, no escritora! Y también profesora de lengua. ¡Y además, quedamos en que el escritor era yo!

—Es que ser lector y escritor es exactamente lo mismo, en realidad. Por favor, Álvaro, ayúdame a volver a escribir.

Álvaro dio un puntapié a una piedra.

—¿Y qué pasaría si no escribieras, eh? Total, hay millones de libros en el mundo —afirmó con rabia. Y luego se fue hacia el tobogán.

—Es verdad. Eso es justo lo que me pasa. A veces pienso que no merece la pena escribir —confesó María muy bajito. Tan bajito que Álvaro no pudo oírla.

María se bajó del columpio, desanimada. Cogió una piedra y empezó a trazar rayas en el suelo, arrastrando la tierra. Álvaro se tiró por el tobogán y luego volvió a su lado.

—¿Por qué te gustan tanto las historias, María? —preguntó, visiblemente emocionado. Se había dado cuenta de que su amiga estaba triste.

—No lo sé, creo que nos gustan a todos, ¿no? —contestó mientras seguía haciendo trazos sobre la arena.

Álvaro cogió una piedra y se puso a imitar a María.

—Supongo que sí.

—Fíjate que hace miles de años, cuando todavía no se había inventado la escritura, los seres humanos se contaban historias de viva voz —explicó María, ya más animada—. Y más atrás todavía en el tiempo, cuando ni siquiera hablaban, se contaban historias pintándolas en las paredes de las cuevas, como nosotros ahora.

—Es increíble —reconoció Álvaro.

—¿Verdad? A veces pienso que Dios también necesita que le cuenten historias, y que por eso existimos nosotros.

Álvaro soltó la piedra y se la quedó mirando sin pestañear.

—¿Quieres decir que podemos hacer de nuestra vida una especie de cuento, para que alguien lo lea?

María se quedó boquiabierta. Soltó la piedra y le miró con los ojos brillantes.

—¡Eso es, Álvaro! Pero quizás ni siquiera la lea nadie: nuestra vida es la historia que nos contamos a nosotros mismos.

Álvaro volvía a dibujar.

—Entonces podemos escribir la historia que nos dé la gana —dijo, como si tal cosa. María abrió la boca, llena de asombro.

—¡Eres un genio! Sabía que tenía que pedirte ayuda a ti.

Le dio un beso en la mejilla, se levantó y salió corriendo.

—¡¡¡¿Adónde vas?!!!

María se giró y gritó, triunfante:

—¡Tengo que escribir nuestra historia, Álvaro! ¡Tengo que contármela a mí misma!

Álvaro se quedó en el suelo, pensativo. Ya no sabía si era escritor, si tenía ocho años, ni si todo esto estaba ocurriendo en realidad. Lo que sí sabía, sin duda de ninguna clase, es que la vida era como un papel en blanco en el que podía escribir la historia que quisiera. Y se le llenó la cabeza de personajes a los que le gustaría conocer y lugares en los que le gustaría perderse.

CAPÍTULO 10

Álvaro no podía esperar a que María le contara lo que había escrito.

—¿Has escrito nuestro cuento? —le preguntó nada más verla al día siguiente.

María le dijo, susurrando, porque el profesor estaba a punto de empezar la clase:

—Un capítulo.

Pero el profesor se puso a pasar lista y tuvieron que callarse. Y Álvaro estuvo toda la mañana en ascuas, esperando escuchar su historia.

Cuando salieron al patio estaba impaciente.

—Bueno, qué, ¿me lo vas a decir? ¿O te vas a seguir haciendo la interesante?

María soltó una carcajada.

—No te lo puedo contar.

—¿Por qué no?

—Porque es del otro lado del agujero del tiempo.

—¡Ya me estoy hartando de tu agujero del tiempo!

—María sonreía.

—¿Y se puede saber de qué te ríes?

—Me encanta cuando te enfadas.

—¡A mí no me hace ninguna gracia! —exclamó, cruzando los brazos sobre su pecho.

—Me encanta porque te viene el enfado y no lo reprimes, como si viniera una ola y te dejaras arrastrar por ella. Y luego la ola va muriendo lentamente, y a ti se te olvida que te habías enfadado, y te subes en la ola de la siguiente emoción.

—No entiendo nada de nada —dijo Álvaro, enfurruñado.

—No importa. Dentro de poco cumplirás nueve años y tendrás tu cuento terminado. Y quizás luego, cuando tengas cuarenta años, volverás a leerlo y será entonces cuando lo entiendas. A lo mejor, de mayor, te pasa como a mí, que cuando empiezas a sentir que te enfadas, te pones todo rígido, como si te dijeras a ti mismo: "¡No, no puedo sentir eso!". Y luego te quema por dentro.

Álvaro de pronto frunció el ceño. Sólo tenía ocho años, pero era lo suficientemente listo como para darse cuenta de que María le estaba distrayendo para no contarle lo que él quería que le contara.

—Eres una listilla. A ti lo que te pasa es que no me vas a contar mi cuento.

María se echó a reír.

—Me parece que se te ha olvidado que eras tú el que me estaba contando una historia.

—¿Yo?

—Sí, ¿no te acuerdas? La historia de una niña que está loca de remate, loquita perdida, vamos, una locatis total. Ésas fueron tus palabras.

Álvaro se quedó pensativo. Se le había olvidado aquella historia por completo.

—Es que no me acuerdo bien... —titubeó.

—Pues iba de un escritor que se cuela por un agujero en el tiempo para conocer a su lectora ideal cuando era niña, y así poder contarle historias de viva voz.

—¡Es verdad! O sea que yo también me he colado por un agujero del tiempo y en realidad no tengo ocho años.

—Por supuesto. Por eso eres tan listo.

Álvaro cerró los ojos, cogió aire, y se tiró por el tobogán de la imaginación:

"Álvaro y María se hicieron inseparables. Siempre jugaban juntos en el patio, y se contaban historias el uno al otro. Habían llegado a una especie de acuerdo por el que tenían que superarse a sí mismos, y cada historia era mejor que la anterior. Todo había empezado con la colección de palabras de María, que se fue ampliando a medida que las compartía con Álvaro. Ya no sólo tenían "tranvía", "verdor", "trabalenguas" o "gustirrinín"; habían añadido otras como "luciérnaga", "mariquita" y "marioneta". Y en muy poco tiempo tenían en el baúl de su memoria un montón de palabras, que iban regalando a diestro y siniestro porque, cuanto más las regalaban, más las disfrutaban".

En ese momento Álvaro abrió los ojos y miró a su amiga, que los tenía cerrados, concentrada en la escucha.

—María, no sé si esto vale.

—¿Si vale el qué?

—Que no me estoy inventando nada: sólo estoy contando lo que ha pasado.

—¿Y crees que eso no tiene valor? ¡Estás poniendo palabras a lo que has vivido! ¿No te gusta hacerlo?

Álvaro se encogió de hombros.

—Supongo.

—A mí me encanta. Me da una especie de tranquilidad. Como si pudieras atrapar la vida, o algo así. Además, dices que sólo cuentas lo que ha pasado como si únicamente hubiera una forma de contarlo. Y en realidad, si cien personas contaran esta historia, habría cien historias diferentes.

Álvaro se la quedó mirando con incredulidad.

—Eso es imposible. Sólo ha pasado lo que ha pasado —afirmó, convencido.

—Jajajaja, qué gracioso. Lo que pasa fuera, cada uno lo vive por dentro de manera diferente. Nunca dos personas viven lo mismo. ¿Quieres que te lo demuestre?

Álvaro clavó sus ojos en ella, desafiante.

—A ver, Marisabidilla.

—¡Marisabidilla! Ésa es genial. Pero a lo que vamos: verás, puedo contarte exactamente la misma historia que acabas de contarme, pero con otras palabras. Y ya verás como parece otra.

Álvaro se moría de curiosidad. María tomó aire y pisó el acelerador de la fantasía:

"Hace mucho, mucho tiempo, tanto tiempo que no podemos siquiera llegar a imaginar, existió un lugar en el que las palabras creaban la realidad. Bastaba con decir "tranvía", y allí estaba, reluciente, atravesando las ciudades, raudo y veloz a su destino. O podías decir "luciérnaga" y te hallabas sin darte cuenta en el bosque, en medio de la noche más oscura y tenebrosa, y aparecían de pronto cien mil luciérnagas, como lamparitas diminutas que guiaban tu camino".

Al llegar a ese punto Álvaro protestó:

—¡Pero eso no es lo que ha pasado!

—Porque tú lo digas.

—Esas palabras no se han hecho realidad.

—¿Ah, no? Todo lo que ves en tu mente existe, Álvaro. No hay diferencia entre lo que hay dentro de ti y lo que hay afuera.

—Eso es como decir que la realidad y la fantasía son lo mismo.

—¡Es que son lo mismo! Cierra los ojos, Álvaro.

Álvaro los cerró, obediente.

—Piensa en una jirafa.

—¡Me encantan las jirafas!

—Y a mí. ¿La estás viendo? —insistió María.

—Sí. Es preciosa, tan elegante y estilizada.

—Ahora piensa en tu madre, Álvaro. ¿La ves?

—Sí. Lleva un pijama azul que parece como de niña pequeña.

—Ahora piensa en todo lo que la quieres.

A Álvaro se le infló el corazón, y tuvo que hinchar el pecho y respirar hondo. María continuó.

—¿Y dónde está todo ese sentimiento?

Álvaro sonreía, con el pecho inflamado de amor.

—¡Dentro de mí! —reconoció, admirado.

—O sea que no lo puedes ver. ¿Y existe?

—Pues claro.

—Ahí lo tienes.

Álvaro se quedó un rato con esa sensación en su corazón. Luego inspiró profundamente y dijo:

"Había una palabra que le gustaba a Álvaro especialmente. Era la palabra "mamá". Sólo de escucharla se le encendían por dentro las luciérnagas, llenando su corazón de luz, que se quedaba calentito, calentito, como el rostro de su madre cuando le daba el beso de buenas noches".

En ese momento María le cogió de la mano. Y así se quedaron los dos, callados, sumergidos en las profundidades de la palabra "mamá", que era una de las más grandes que habían compartido hasta entonces. Después de aquella palabra, no se atrevían a pronunciar nada más.

CAPÍTULO 11

Un día Álvaro caminaba hacia el colegio mirando el suelo. Veía el asfalto que lo cubría todo, la acera y la calzada y el cemento de los edificios, y empezó a sentir como si se ahogara por dentro. Se imaginaba lo que podría haber debajo del asfalto gris: ¿Habría hormigas? ¿Césped? ¿Qué había, antes de que los mayores cubrieran el planeta con esa especie de costra artificial? Y pensó en la pobre tierra, que no podía respirar, ahí debajo, y deseó arrancarle la costra a toda la ciudad. Ya se lo estaba imaginando: él era un gigante, un superhéroe que salvaría a todos los bichitos que estaban debajo del asfalto y que no podían respirar. Levantó la primera capa, en su imaginación, y salieron cien mil mariposas volando hacia el cielo azul.

Todavía estaba pensando en eso cuando se sentó en su pupitre.

—Ayer me conmoviste con tus palabras, Álvaro —dijo María nada más verle.

—¿Qué es conmover?

—Tocar el corazón. Me tocaste el corazón con lo que dijiste de tu madre y las luciérnagas.

—Bueno, "luciérnaga" fue una de las palabras que trajiste tú.

—Pero nunca se me había ocurrido que pudieran estar dentro de uno, iluminando el corazón. ¿Sabes? Eso es poesía.

Álvaro se ruborizó un poco. Siempre le pasaba cuando le decían algo bonito, como si no lo mereciera.

—He estado pensando en aquello que me preguntaste de por qué me gustaban tanto las historias —continuó María—. Ayer comprendí, más de verdad, por qué me gustan. Y fue gracias a tu relato.

—¿En serio?

—Sí. Tocar el corazón de las personas me parece un oficio maravilloso, ¿no crees? Yo a veces me siento un poco sola, ¿tú no?

—A veces.

—Es como si cada persona fuera una isla, separada de las demás. Y de pronto dices cosas como las de ayer, y ¡pum!, levantas puentes entre las islas, ¿me comprendes?

Álvaro se imaginó un montón de islas en el océano, y unos puentes de cristal que comunicaban las unas con las otras.

—Me gusta la idea de los puentes —sonrió.

—Sí. A veces la gente te dice cosas feas, o peor, ni siquiera te habla. Entonces es como si levantaran un muro delante de ti. Y no puedes acercarte a una persona si tiene un muro a su alrededor.

Justo en ese instante entró el profesor en la clase y cerró la puerta tras de sí. Álvaro no pudo atender ni un instante, porque se le había llenado la cabeza de islas, de puentes de cristal, y de gigantes levantando las costras de las ciudades. Se había dado cuenta de que poseía un universo entero dentro de sí, y que podía acceder a él siempre que quisiera: podía contarse historias a sí mismo. Era como tener un regalo dentro.

Cuando terminaron las clases de la mañana y se iban hacia el comedor, Álvaro ya estaba casi borracho de historias.

—Estás raro —le dijo María.

—Es que estoy contándome historias todo el tiempo —explicó.

—¡Yo también! ¿Y qué te estás contando?

—Bueno, no son historias completas. Por ejemplo, la historia de un pobre planeta que estaban cubriendo de asfalto y cemento, como una enorme costra. Y, si lo mirabas desde el espacio, parecía como si la bola terrestre estuviera surcada por millones de cicatrices, que eran las carreteras.

—¡Cicatrices! ¡Es horrible! —exclamó María.

—Absolutamente horrible.

Estaban en la cola del comedor. Álvaro se había dado cuenta de que había menestra de verduras: tenían un problema. Como llevaba tomate por encima, tenía una pinta rara.

—¿Qué es eso? —preguntó María.

Álvaro se cuidó muy mucho de usar la palabra "verdura", y respondió:

—Sopa de tomate a la berenjena.

—¿Sopa? Si no tiene caldo...

—Es sopa seca.

—¡Sopa seca! ¡Nunca la he probado!

Y se la comió tan contenta. Álvaro volvió a darse cuenta del poder que tenían las palabras.

—Oye, María, ¿tú de verdad crees que las historias son como puentes entre las personas?

—Claro. Mira, ya lo verás.

Había un chico sentado en frente de ellos, que no levantaba la cabeza de su plato. María se dirigió a él:

—¿Tú sabías que la Tierra está cubierta de cicatrices?

El chico levantó la cabeza, asombrado. María continuó.

—Cada carretera que construimos cubre un pedacito de tierra, que ya no puede respirar. Y si no hacemos algo pronto, un día la Tierra se ahogará.

—No puede ahogarse porque está flotando en el espacio, y en el espacio no hay agua —respondió el chico.

—No hace falta agua para ahogarse. Si te tapo la boca, no puedes respirar y te ahogas.

—Es verdad —reconoció él.

—¿Cómo te llamas?

—Ricardo.

—Ricardo, éste es Álvaro. Él es quien me ha contado la historia de las cicatrices.

—¿Ah, sí?

Y se quedaron hablando de las cicatrices durante la comida, y luego, cuando salieron al patio, se pusieron a construir unos puentes con unos palos; y Álvaro se acordó de los puentes entre las personas. Y ahí estaban, con un amigo nuevo, sólo porque María le había dicho la palabra "cicatriz".

—¿Sabes que nosotros nos contamos historias todo el rato? —dijo María.

—¿En serio? ¿Y os las inventáis? —preguntó el niño nuevo, curioso.

—A veces sí y a veces no. Por ejemplo, el otro día Álvaro me contó una historia preciosa que había leído.

Ricardo miró a Álvaro y preguntó:

—¿De qué va?

—De un niño que se llama Max y que de tanto escuchar de su madre que es un monstruo, pues va y decide convertirse en un monstruo de verdad.

—¿Y qué pasa?

—Que se va al país donde viven los monstruos. Pero no te puedo contar el final porque si no te lo estropeo. Te puedo decir el título para que te lo leas: *Donde viven los monstruos.*

—Parece chulo.

—Es mi libro preferido. Pero María tiene también uno superguay.

Ricardo miró ahora a María, que estaba arrancando ramitas de un palo para dejarlo más liso.

—Es un libro increíble porque si quieres no se acaba nunca —dijo ella, misteriosa.

Álvaro se acordó de que María no soportaba que se acabaran las cosas que le gustaban mucho. Si lo pensaba un poco, en realidad él tampoco quería que acabaran.

—¿Y de qué va? —preguntó Ricardo.

—De un niño que se llama Bastián y un día roba un libro y se mete dentro de él, y a partir de ese momento vive en un país llamado Fantasía, y se hace amigo de otro niño que se llama Atreyu.

—"¡Atreyu!". Qué nombre tan bonito.

—¿A que sí? —dijo María soltando la ramita y mirando a Ricardo.

—¡Me encanta! —afirmó él.

—Pues más te encantaría la historia. Es *La historia interminable.*

—Pero, ¿cómo puede meterse alguien dentro de un libro? —preguntó Ricardo.

Álvaro estuvo a punto de decirle que María también se había colado en un cuento, y que en realidad pertenecía al otro lado del agujero del tiempo; pero luego pensó que igual era demasiado pronto para decírselo. Y ahí se quedaron, construyendo puentes con ramitas; aunque el primer puente que habían creado había sido con la palabra "cicatriz".

CAPÍTULO 12

La mañana siguiente Álvaro iba por la calle muy contento porque tenía un amigo nuevo al que podía enseñarle muchas cosas. De pronto se cruzó con una niña que debía de ser más o menos de su edad, con el pelo moreno, muy moreno, y rizado, muy rizado también. Se fijó en ella porque no llevaba mochila, y también porque caminaba como si no tuviera prisa, como si no fuera al colegio. O quizás como si estuviera perdida.

Al día siguiente también se cruzó con ella.

—¿Cómo te llamas? —se atrevió a preguntarle al tercer día.

Se había acordado de que el nombre de las personas era también un puente para acercarse a ellas.

La niña morena levantó la vista y le sonrió. Tenía los ojos tan negros como su pelo, y llevaba un vestido blanco estampado con pequeñas abejas de color azul. Eso le llamó mucho la atención.

—Yo me llamo Merche, ¿y tú?

—Álvaro.

—Encantada de conocerte, al fin.

Álvaro estuvo a punto de preguntarle qué era eso de "al fin", pero tenía prisa porque se le estaba haciendo tarde.

Cuando llegó al colegio se lo contó a María.

—¿De verdad se llamaba Merche? —preguntó ella, con un hilo de voz.

—Sí.

—¿Y era morena y con los ojos morenos?

—Sí, ¿por qué?

—Porque yo también la conozco. Si es que es la misma Merche, claro. Aunque todo es posible.

—¿Qué quieres decir? —preguntó Álvaro, intrigado.

—Nada, nada, cosas mías. Esta tarde, cuando salgamos, llévame al mismo sitio donde la has visto, por favor.

Pero cuando fueron, la niña no estaba.

—¡Tenía tantas ganas de verla! —exclamó María—. Si la vuelves a ver, pregúntale si tiene un hermano que se llama Joaquín.

—¿Por qué?

—¡Tú pregúntaselo!

Así que, al día siguiente, cuando volvió a encontrársela, Álvaro se lo preguntó. Merche le respondió que sí, que su hermano se llamaba Joaquín; y luego dijo que tenía que marcharse.

Cuando Álvaro se lo contó a María, ésta se puso a dar saltos de alegría.

—¡Es ella, es ella! Esta tarde volvemos a ir.

Pero Merche no estaba. María se quedó pensativa.

—A lo mejor sólo se te aparece a ti, Álvaro.

—¿"Se me aparece"?

María le cogió del brazo y le llevó a un rincón apartado del patio, para que los otros niños no la oyeran.

—Tengo que contarte algo.

Entonces María le contó la historia de dos niñas que eran las mejores amigas que podían existir: jugaban juntas, dormían en la misma habitación y se contaban historias hasta quedarse dormidas; y más adelante en el tiempo, cuando crecieron, se contaban las confidencias que suelen contarse las chicas cuando están enamoradas. A veces también se peleaban, claro, y se ponían celosas cuando aparecía una amiga nueva. Pero siempre acababan reconciliándose.

—Una de esas niñas era mi prima, y se llamaba Merche. La otra era yo, claro. Pero todo esto ocurrió en el otro lado del agujero del tiempo.

—¿Entonces ella también viene del otro lado del agujero del tiempo?

María arrugó la nariz.

—Del otro lado sí que viene. Pero no sé explicarte exactamente en qué consiste ese otro lado. No es el mismo de donde vengo yo.

—¿Ah, no?

—No; en el otro lado del agujero del tiempo, cuando éramos mayores, Merche murió. Y ahí sí que se fue a otro lado, aunque nadie sabe en qué consiste.

Álvaro se quedó mudo. María siguió su relato.

—Tenía treinta y un años. Y se fue para siempre. O eso creía yo. Porque tú la has visto, y la has descrito exactamente igual que era ella.

Álvaro seguía callado.

—¿Sabes? Cuando mejor nos lo pasábamos era justo cuando teníamos ocho años —continuó María—. Éramos inseparables.

—¿La echas de menos?

—Un montón.

—¿Y por qué no viene a verte a ti?

—No lo sé —dijo María frunciendo el ceño y llevándose la mano a la boca, con gesto pensativo—. A lo mejor no viene porque me pegaría un susto de muerte. Pero como tú no la conociste, puedes verla tranquilamente, sin asustarte. Sí, eso es —concluyó, dejando de fruncir el ceño y sonriendo por su descubrimiento.

—¿Y por qué me pasan a mí todas estas cosas tan raras? Primero tú te cuelas por un agujero del tiempo, y ahora esto. ¿También se ha colado?

—Pues no lo sé. Fuiste tú el que me dijiste que tu abuela Pilar no se había ido a ningún lado al morirse, que siempre estaría contigo, y que a veces te decía cosas. A lo mejor tienes el poder de percibir cosas que los demás no ven.

—¿Y qué tiene que ver eso con tu prima Merche?

—¡Todo! ¿No lo entiendes? Las dos están en el mismo sitio ahora, si es que la muerte es un sitio.

—¡Ya me estoy hartando de tu agujero del tiempo y de tus cosas raras, ¿me oyes?! —gritó, porque se estaba poniendo nervioso—. ¡Ya no quiero que me cuentes más historias!

Y se fue a jugar al fútbol con los chicos, que no le decían cosas raras.

CAPÍTULO 13

Esta vez Álvaro se había enfadado de verdad. Ya no se paraba a hablar con María, aunque eso a ella parecía no afectarle. Y Álvaro empezó a hacerse amigo de Ricardo.

—¿Y tu amiga? —le preguntó un día Ricardo en el patio.

Miraron adonde estaban las niñas: María saltaba a la comba como las demás. Álvaro no dijo una palabra.

—¿Ya no sois amigos? —insistió Ricardo.

Pero Álvaro permaneció callado, concentrado, aparentemente, en las canicas con las que jugaban.

—Pues es una lástima, me parecía una chica simpatiquísima —continuó Ricardo, guiñando un ojo para apuntar mejor con la canica.

Pasaron los días. La niña morena del vestido de abejitas no volvió a aparecérsele a Álvaro, y éste dejó de pensar en ella.

Un día, la mamá de Álvaro le dijo que tenían que ir a una misa especial.

—¿Por qué, mamá?

—Porque hace diez años que murió una persona. Tú no la conociste porque aún no habías nacido.

—¿Cómo se llamaba?

—Merche —respondió su madre.

Álvaro sintió un nudo en la garganta, y tragó saliva; pero no se atrevió a contarle a su madre todo lo que había pasado.

Se pasó el fin de semana sumido en sus pensamientos. Si esa persona se había muerto hacía diez años, y se llamaba Merche, entonces María no le había contado ninguna historia: le había dicho la verdad. Pero ¿cómo podía ella saberlo?

El lunes se presentó en el colegio con cara de circunstancias. Se había dado cuenta de otra cosa: desde que se había enfadado con María, la niña del vestido de abejitas azules había dejado de aparecer.

—Estás muy serio —le dijo María, que había percibido que le pasaba algo.

—El sábado estuve en el funeral de una persona que se murió hace diez años —dijo Álvaro susurrando, porque el profesor ya había entrado en la clase y estaba pasando lista.

—Ah, vaya.

—Se llamaba Merche.

María no dijo nada.

—¿Tú sabías que había dejado de visitarme? —preguntó Álvaro.

—No lo sabía; pero lo imaginaba.

—¿Por qué?

—Porque tú no estabas abierto a verla. No querías saber nada de todas esas historias, ¿no te acuerdas?

En ese momento el profesor les llamó la atención y tuvieron que callarse; pero Álvaro no podía concentrarse en la clase. Cogió un trozo de papel y escribió:

"Quiero saber más".

Y luego le pasó la notita a María.

Debajo de la frase de Álvaro, María escribió:

"Entonces tendrás que preguntarle a ella".

Luego se llevó el dedo índice a los labios, haciendo la señal de silencio, para que Álvaro se callara y atendiera la lección.

Álvaro se pasó el resto del día impaciente. Quiso volverse solo a casa, porque ya intuía que Merche sólo le visitaba cuando iba sin compañía; pero no apareció.

Al tercer día, otra vez por la mañana, la vio a lo lejos. Llevaba su vestido de abejitas azules, con un lazo también azul alrededor de la cintura. Estaba sentada en un columpio, y sonreía. Álvaro se acercó a ella, y se sentó en el columpio de al lado.

—Hola —dijo, sin saber muy bien qué decir.

—Hola —contestó ella.

Se quedaron un buen rato callados, balanceándose suavemente. Al fin Álvaro se atrevió a hablar.

—¿Por qué vienes a verme?

Merche paró el columpio y le miró a los ojos.

—Tengo que darte un mensaje.

—¿A mí?

Merche asintió.

—Es un mensaje del otro lado —continuó.

Álvaro estaba en vilo.

—Te escucho.

—Es un mensaje para tu amiga.

Álvaro se puso de morros.

—¿Y por qué no se lo dices directamente a ella? —preguntó, intrigado pero también un poco enfadado.

—Porque su corazón no resistiría verme. Ella necesita que seas tú quien le transmita el mensaje. Y porque el mensaje, en el fondo, también es para ti.

—¿Es para mí o es para ella? —protestó Álvaro.

Merche sonrió.

—Ya te darás cuenta de que, cuando transmites un mensaje, el primero que lo recibe eres tú mismo.

—¿Es como nuestro juego de las palabras?

—Exacto. Hasta que no le diste la palabra "fresquíviris" a María, era como si no la tuvieras, ¿a que no?

Álvaro sintió un escalofrío. ¿Cómo podía Merche saber aquello?

—Ahora ya sabes que es verdad —dijo ella, pues sabía lo que estaba pensando Álvaro.

—¿Verdad el qué?

—Que vengo del otro lado, y que por eso sé cosas que de otro modo no podría saber, como lo de la palabra "fresquíviris".

Al volver a oír esa palabra, Álvaro se acordó de aquel primer enfado con María; y le pareció que habían pasado siglos desde aquello. El tiempo se había estirado, y era como si fueran amigos de toda la vida.

—¡Hace una eternidad de eso!

Merche se rió. Una abeja se posó en su vestido, y cuando Álvaro fue a espantarla, ella le detuvo.

—Déjala. Si no la tocas, no nos hará nada.

La abeja real era bastante más pequeña que las abejas de su vestido, y Álvaro pensó que las abejitas azules eran mucho más bonitas que las verdaderas.

—Me encanta tu vestido —le dijo.

—Es mi preferido —contestó ella—. Y también el de tu amiga. Cuando a mí ya no me valía, lo heredó ella. Díselo. Dile que llevaba el vestido de las abejitas, y así ella estará segura de que soy yo.

Luego se levantó del columpio.

—¿Y el mensaje? —protestó Álvaro.

—De momento dile lo del vestido de las abejitas. Eso es fundamental. Ahora tienes que ir al colegio.

Álvaro se marchó como en una nube, flotando, como si el suelo fuera de algodón y el aire le acunara a su paso. Y se puso todo contento sólo de pensar en la alegría que le iba a dar a María al decirle que había vuelto a ver a Merche.

CAPÍTULO 14

Álvaro llegó emocionado al colegio, con unas ganas enormes de ver a María y contarle lo que había pasado. No pudo decirle una palabra porque llegó al mismo tiempo que el profesor. Mientras atendía la explicación, se puso a hacer un dibujo sin motivo aparente.

Al terminar la clase María le preguntó:

—¿Y esas abejas?

Álvaro se dio cuenta de que había dibujado a Merche, con su vestido de abejitas. No le había salido muy bien, pero las abejitas sí, le habían quedado preciosas.

—Son las del vestido de Merche.

—¿La has visto otra vez? ¿Llevaba el vestido de abejitas? ¿Qué te ha dicho? —preguntó María atropelladamente. Álvaro sonrió ante su impaciencia.

—Me dijo que tenía que transmitirte un mensaje.

María tragó saliva. Álvaro continuó.

—Pero de momento, me pidió que te contara lo del vestido de abejitas. Dijo que era muy importante.

María se quedó un poco ensimismada pensando en aquel vestido que tanto le gustaba.

—¿Y ya está? ¿Nada más?

—Nada más.

María apretó los labios.

—Vale —musitó.

Se le notaba a la legua que estaba decepcionada, pero Álvaro no dijo nada, porque él también lo estaba un poco. No veía el momento de volver a ver a la niña del vestido de abejitas azules y que le transmitiera su mensaje.

Esta vez Merche no se hizo de rogar. Se le apareció al día siguiente, otra vez por la mañana, antes de que entrara en el cole. Llevaba el mismo vestido.

—¿Le has dicho a tu amiga lo de las abejitas?

Álvaro asintió varias veces seguidas con la cabeza.

—Bien. No te creas que te voy a dar un mensaje que desvele el misterio del universo ni nada parecido. Es sólo un mensaje específico para ella. ¿Estás preparado?

—Sí —contestó Álvaro, temblando de emoción.

—Dile solamente esto: "Las personas se van cuando les ha llegado su hora. No es culpa de nadie". Es lo único que tienes que decirle. ¿Quieres que te lo apunte?

—No hace falta —dijo Álvaro, repitiendo para adentro aquellas palabras.

—Ahora tengo que marcharme. Muchas gracias, Álvaro.

Álvaro estaba inmóvil porque no sabía qué es lo que se suponía que tenía que hacer. Merche desanudó el lazo de su vestido muy despacio y se lo dio a Álvaro sin decir una palabra. Él lo recogió, también callado. Y Merche dio media vuelta y desapareció.

Álvaro se quedó paralizado por unos segundos. Merche se iba alejando poco a poco. De pronto Álvaro abrió la mochila con rapidez y metió el lazo. Luego sacó un cuaderno y un lápiz, y escribió a toda prisa: "Las personas se van cuando les ha llegado su hora. No es culpa de nadie". Y después suspiró, aliviado. No podría perdonárselo a sí mismo si se le llegaba a olvidar.

Cuando llegó al colegio María le miraba de hito en hito. Álvaro sacó el lazo azul de su mochila y se lo entregó. A María le brillaban los ojos. Luego quiso transmitirle el mensaje, pero no le salía la voz. Menos mal que lo había escrito. Sacó el cuaderno, arrancó la hoja y se la dio a María. Y ella se echó a llorar.

Se pasó toda la clase llorando en silencio. No hacía ruido, pero si la miraba de reojo, Álvaro podía ver las lágrimas que le resbalaban por las mejillas. No sabía qué hacer por su amiga.

—No llores... —le suplicó, susurrando.

Pero María tenía ríos y ríos de lágrimas que al fin estaban saliendo.

Llegó la hora del recreo; Álvaro seguía sin saber qué decir. Se sentía torpe ante la tristeza de María, como si tuviera que quitársela y no supiera cómo. Ella pareció adivinarle el pensamiento.

—No pasa nada porque alguien llore, Álvaro, no tienes que hacer nada. Es lo mismo que cuando me pongo a reír, ¿a que entonces no se te ocurre decirme que no me ría?

—Pues... no.

—Pues es lo mismo.

—Pero ¿por qué llorabas?

María se sorbió la nariz. Ya había llorado bastante.

—A veces las personas se van y simplemente no lo aceptamos.

—¿Quieres decir cuando se mueren?

—No sólo cuando se mueren. A veces se van de nuestro lado porque tienen que seguir su camino, y otras veces se marchan de nuestra ciudad o país. Y a veces sí, también se mueren. Y si se mueren muy jóvenes, pues lo normal es que creamos que no tenían que haber muerto, que algo ha salido mal, que no tenía que ser así. Eso es lo que pensé yo cuando ella se marchó: que no tenía que haber sucedido. Pero han pasado muchos años, ya lo había aceptado.

—Entonces, ¿por qué llorabas?

María bajó los ojos.

—Por ti —dijo, con un hilo de voz.

—¿Por mí?

María asintió. Luego le cogió de las manos y le miró a los ojos.

—Álvaro, tengo que marcharme. Ha llegado mi hora.

Álvaro soltó las manos con fuerza.

—¿Cómo que tienes que marcharte? ¡Yo no quiero que te vayas!

María cogió aire.

—Ya lo sé.

Álvaro estaba rojo de furia, los ojos le brillaban, a punto de desbordarse de lágrimas.

—Álvaro, dime el mensaje que te dio Merche —le pidió.

Álvaro cruzó los brazos sobre su pecho y negó con la cabeza.

—Por favor —insistió María—. ¿No te acuerdas ya del mensaje?

Álvaro seguía de brazos cruzados.

—"Las personas se van cuando les ha llegado su hora..." —empezó a decir—. ¡No es lo mismo, a ti no te ha llegado tu hora! ¡No quiero escuchar ese mensaje, era para ti!

—Claro que era para mí; necesito que me lo digas, por favor.

—¿Por qué?

—Porque soy yo la que se siente culpable por marcharse. Repíteme el mensaje, anda.

Álvaro cerró los ojos e inspiró profundamente:

—"Las personas se van cuando tienen que marcharse. No es culpa de nadie". No, no, no era así —se corrigió a sí mismo—. Decía que se van cuando les ha llegado su hora.

—Es lo mismo —dijo María, sonriendo.

—¡No, no es lo mismo, hay que decirlo como lo dijo ella!

—Vale.

Álvaro se relajó un poco, y dijo más suavemente:

—¿Y cuándo te vas a ir?

—Pronto. ¿Cuándo se acaba el colegio?

—Dentro de dos semanas —respondió Álvaro.

—Pues tendré que terminar el curso, ¿no?

—Supongo.

—Y luego nos iremos de vacaciones, y el curso que viene yo tendré que irme a otro colegio —explicó ella.

—¿A otro colegio, o al otro lado del agujero del tiempo? —preguntó Álvaro, sonriendo, pícaro.

—Lo que tú prefieras creer. El caso es que parecerá que yo no estoy; pero eso sólo son las apariencias, ya lo verás. Porque las personas a las que quieres, están siempre contigo: las llevas en tu corazón. Y ahora no pensemos más en todo esto. Tenemos un montón de palabras que compartir y de historias que contarnos.

Sonó la sirena que anunciaba el fin del recreo, y Álvaro y María volvieron a clase. Sobre la mesa estaba el dibujo de Álvaro, con un montón de abejitas volando sobre el papel. Álvaro sacó del estuche el lápiz azul clarito: tenía que colorearlas.

CAPÍTULO 15

Llegó el final de curso. El colegio se llenó con los gritos y las risas de los niños, que corrían hacia el verano y las vacaciones. "¿Adónde te vas?", "Al pueblo, con mis abuelos, ¿y tú?", "¿Has aprobado todas?", "A lo mejor me voy a la playa". Y mil cosas más que se decían los unos a los otros atropelladamente. En el tumulto general, María y Álvaro no se dijeron adiós. "¡Hasta el año que viene!", decían algunos, porque septiembre parecía tan lejano como si fuera ya de otro año. Y así, sin darse cuenta, se dijeron "¡Hasta la vuelta!"; y en ese instante Álvaro sintió una pequeña opresión en el pecho, y María notó un nudo en la garganta. Y se dijeron adiós con la mano.

Llegó septiembre y la vuelta al cole. María no estaba. Algunos niños preguntaron por ella. Unos decían que se había ido a otro colegio; otros, que se había cambiado de ciudad. Álvaro callaba.

A la hora del recreo se le acercó Ricardo; aunque era un curso más pequeño, tenían el recreo a la vez.

—¿Y tu amiga? —preguntó Ricardo, visiblemente intrigado—. He oído que su padre es diplomático y se han ido a vivir a otro país —continuó.

—No te creas todo lo que dice la gente —respondió Álvaro—. A veces, las personas se van simplemente porque tienen que marcharse. Y no es culpa de nadie.

Álvaro pasó su brazo alrededor de los hombros de su amigo. De pronto se sentía muy mayor, como si tuviera que protegerle. Al fin y al cabo, Ricardo era un año más pequeño. Álvaro continuó hablando:

—¿Tú sabías que, al principio de los tiempos, cuando el ser humano aún no había inventado la escritura, la gente se contaba historias de viva voz? —hizo una breve pausa para comprobar el grado de atención de Ricardo. Éste le miraba expectante—. Te voy a contar la historia de una niña que estaba loca de remate, loquita perdida, vamos, una locatis total.

A Ricardo se le escapó una carcajada.

—¿"Locatis"?

—Locatis, eso es —afirmó Álvaro—. Una chiflada total; como una regadera, vamos. ¿Quieres que te la cuente?

Ricardo asintió. Álvaro inspiró profundamente, pensó en María y continuó:

"Ésta es la historia de una niña que coleccionaba palabras. Hay niños que coleccionan cromos; otros prefieren las pegatinas o los tebeos; algunos, en otro tiempo, coleccionaban soldaditos de plomo. Lo que María coleccionaba, eran palabras".

Álvaro miró de reojo a Ricardo para asegurarse de que le estaba escuchando. Seguían caminando uno junto al otro, Álvaro con su brazo sobre los hombros de su amigo, como si fuera su hermano pequeño. Las palabras le salían a borbotones, en cascada, como luciérnagas en la noche. Y cuantas más palabras regalaba, más tenía para dar.

En recuerdo
de mi prima Merche,
desaparecida en el mar
el 20 de septiembre de 2007

Printed in Great Britain
by Amazon